DIE KRIEGSPFEIFE

BERTHOLD AUERBACH

DIE KRIEGSPFEIFE

Das ist eine ganz absonderliche Geschichte, die aber doch mit der neuern Weltgeschichte, oder was fast einerlei ist, mit der Geschichte Napoleons, ganz genau zusammenhängt. Damals war eine außerordentliche Zeit. Jeder Bauer konnte aus der Königsloge seines eigenen Hauses die ganze Weltgeschichte vorbei defilieren und agieren sehen, Könige und Kaiser spielten darin mit und erschienen bald so, bald so angezogen; und dieses ganze großartige Schauspiel kostete oft den Bauer weiter nichts als Haus und Hof und etwa noch sein Leben, So arg ging's aber meinem Nachbarn Hansjörg nicht; doch – ich will die Geschichte von vorn erzählen.

Es war im Jahre 1796. Wir in unserer mäuschenstillen Zeit, wir Kinder des unbefriedigten Friedens, können uns kaum einen Begriff von der damaligen Unruhe machen; es war als ob die Leute gar nirgends mehr fest zu Hause wären, als ob das ganze Menschengeschlecht sich auf die Beine gemacht hätte, um einer den andern da und dorthin zu treiben. Über den Schwarzwald zogen bald die Österreicher mit ihren weißen Wämsern, bald die Franzosen mit ihren lustigen Gesichtern, dann wieder die Russen mit ihren langen Bärten, und zwischen drein steckten die Bayern, Württemberger, Hessen, in allerlei Gestalt. Der Schwarzwald war das allzeit offene Tor für die Franzosen, und jetzt eben ist man endlich daran, einen Riegel vorzuschieben.

Es war also oftmals ein Marschieren, Retirieren und Vordringen, ein Schießen und Donnern, daß man nicht wußte, wo einem der Kopf stand; wirklich blieb er manchmal auch nicht stehen, sondern purzelte unversehens um. Nicht weit von Baisingen ist mitten auf dem ebenen Felde eine Anhöhe so hoch wie ein Haus, und drunter sollen lauter tote Soldaten liegen, Franzosen und Deutsche beieinander.

Mein Nachbar Hansjörg war aber davor behütet, Soldat werden zu müssen, obschon er eben in das neunzehnte Jahr trat und ein schmucker und handfester Bursch war, der sich überall sehen lassen durfte. Das kam nämlich davon. Am Tage vor des Maurers Wendel Hochzeit, der eine Frau von Empfingen hat, ritt der Hansjörg mit den anderen hinter dem Wagen drein, auf dem die Braut mit dem Hausrat auf dem blau angestrichenen Kasten neben der Kunkel und der nagelneuen Wiege saß. Der Hansjörg schoß immer am teufelmäßigsten, er tat immer eine doppelte Ladung in die Pistole. Als nun der Zug bei der Leimengrube ankam, wo rechts der Weiher und links die Ziegelhütte ist, aus der das Kätherle heraussah, da schoß der Hansjörg wieder, aber fast noch ehe man den Knall hörte, hörte man den Hansjörg gottserbärmlich schreien. Die Pistole entfiel seiner Hand, er selbst wäre vom Pferde gefallen, wenn ihn sein Kamerad, der Fideli, nicht gehalten hätte. Jetzt sah man, was geschehen war: der Hansjörg hatte sich am mittleren Gelenk den Zeigefinger der rechten Hand abgeschossen; er wurde nun vom Pferde herunter gehoben. Alles sprang mitleidig herzu, und auch das Kätherle aus der Ziegelhütte kam herbei und wurde fast ohnmächtig, als es sah, wie der Finger des Hansjörg nur noch an der Haut hing; der Hansjörg aber biß vor Schmerz die Zähne übereinander und blickte starr auf das Kätherle. Er wurde nun in das Haus des Zieglers gebracht. Der alte Jockel vom Scheubuß, der das Blut stillen konnte, wurde schnell herbeigerufen; ein anderer lief nach der Stadt zu dem Erath, einem vielgeliebten Wundarzt. – Als der alte Jockel ins Zimmer trat, war alles plötzlich still und wich vor ihm zurück, so daß alle Anwesenden zu beiden Seiten eine Gasse bildeten, durch welche er zu dem Verwundeten schritt, der hinter dem Tische auf der Bank lag. Nur das Kätherle trat vor und rief: »Um Gotteswillen Jockel, helfet dem Hansjörg.« Dieser schlug die Augen auf und wendete den Kopf nach der Redenden, und als nun der Jockel vor ihm stand und leise murmelnd die Hand berührte, da hörte das Blut schon auf zu rinnen.

Das war aber diesmal nicht durch die Sympathie Jockels geschehen, sondern durch eine andere Sympathie, nämlich durch die zwischen dem Kätherle und dem Hansjörg. Denn als dieser die Worte Kätherle's hörte, fühlte er, wie ihm alles Blut nach dem Herzen drang, und dadurch hörte das Bluten des Fingers auf.

Der Erath kam, und dem Hansjörg wurde nun der Finger abgenommen. Er hielt sich bei dem grausamen Schmerze wie ein Held. Als er schon einige Stunden darauf im Wundfieber lag, war es ihm, als ob ein Engel zu ihm heranschwebte und ihm Kühlung zuwehte. Er wußte es nicht, daß das Kätherle ihm die Fliegen abwehrte und dabei oft ganz nahe an seinem Gesichte auf- und abfuhr; es kann eine solche Nähe – wenn auch nicht eigentliche Berührung – einer liebenden Hand eine magische Wirkung in dem andern hervorrufen, und diese kann sich wohl in unserm Hansjörg als eine solche Traumgestalt gebildet haben. Dann erschien dem Hausjörg im Traume wieder eine ganz verhüllte Gestalt; er konnte sich nachher nicht mehr recht erinnern, wie sie aussah, und – so sonderbar sind die Träume – die Gestalt hatte einen losen Finger im Munde und schmauchte damit Tabak, als ob es eine Pfeife wäre, so daß die blauen Wölkchen sich aus duftigen Ringen ausbreiteten.

Kätherle bemerkte, daß die geschlossesenen Lippen Hansjörgs sich im Schlafe mehrfach auf und nieder bewegten. Als er erwachte, war das erste, was er verlangte: seine Pfeife. Hansjörg hatte die schönste Pfeife im ganzen Dorfe, und wir müssen sie näher betrachten, denn sie ist ein Hauptstück in unserer Geschichte. Es war ein Ulmer Maserkopf, dessen braune Marmorierungen die wunderlichsten Figuren bildeten, so daß man sich allerlei hineindenken konnte. Der silberne Deckel war wie ein Helm geformt, und so blank, daß man sich drein spiegeln konnte und noch den Vorteil hatte, daß man sein Gesicht doppelt und zwar zu unterst und zu oberst darin sah. Auch an der unteren Kante, so wie am Stiefel war der Pfeifenkopf mit Silber beschlagen. Ein doppeltes silbernes Kettchen mit einem Sprungringe diente statt der Schnur und hielt das kurze Rohr mit der langen vielgelenken, krummen Mundspitze.

War diese Pfeife nicht schön und hatte Hansjörg nicht recht, daß er sie liebte, wie ein Held des Altertums seinen Schild?

Das erste, was Hansjörg bei dem Verluste seines Fingers ärgerte, war das, daß er sich nun schwer mehr eine Pfeife stopfen können. Das Kätherle lachte und schalt ihn aus über seine Liebhaberei, aber es stopfte ihm doch eine Pfeife, holte eine Kohle und tat sogar selbst ein paar Züge; es schüttelte sich aber und machte ein Gesicht, als ob es sich furchtbar davor ekle. Dem Hansjörg hatte aber noch nie eine Pfeife so gut geschmeckt als die, welche das Kätherle vorher im Munde gehabt hatte.

Trotzdem es heißer Sommer war, durfte der Hansjörg mit seiner Wunde nicht nach Hause gebracht werden; er mußte also bei dem Ziegler bleiben. Das war unserm Patienten sehr recht.

Obwohl seine Eltern kamen, um ihn zu verpflegen, wußte er doch, daß schon Zeiten kommen würden, wo er mit dem Kätherle allein sein werde.

Andern Tages war des Maurer Wendels Hochzeit, und als es zur Kirche läutete, pfiff der Hansjörg den unabänderlich wiederkehrenden Hochzeitsmarsch, der jetzt drinnen im Dorfe gespielt wurde, auf seinem Bette nach.

Nach der Kirche zog die Musik im Dorfe umher und spielte vor den Häusern, in denen die schönsten Mädchen waren, oder solche, die Schätze hatten. Die Burschen und Mädchen schlossen sich dann dem Zuge an, der, je weiter er kam, sich immer mehr vergrößerte; sie kamen auch vor des Zieglers Haus. Der Fideli kam, als »Gespiele« Hansjörgs, mit seinem Schatz herauf, um statt des Verwundeten das Kätherle mit zum

Tanze zu nehmen; dieses aber dankte, schützte Arbeit vor und blieb daheim. Der Hansjörg war hierüber hoch erfreut, und als sie allein waren, sagte er:

»Kätherle, gräm' dich nicht, es gibt bald wieder eine Hochzeit, und da wollen wir zwei rechtschaffen miteinander tanzen.«

»Eine Hochzeit?« fragte das Kätherle betrübt, »ich wüßt nicht von wem.«

»Komm 'mal her«, sagte Hansjörg lächelnd; das Kätherle trat näher, und er fuhr fort: »Ich will dir's nur gestehen, ich hab' mir den Finger mit Fleiß abgeschossen, damit ich kein Soldat zu werden brauch'.«

Das Kätherle fuhr zurück, schrie laut auf und bedeckte sich mit der Schürze das Angesicht.

»Warum schreist du?« fragte Hansjörg, »ist dir's denn nicht recht? Es muß dir recht sein, denn du bist daran schuld.«

»Jesus Maria Joseph! nein, gewiß nicht, ich bin daran unschuldig. O, du lieber Heiland, was hast du für eine Sünd' getan, Hansjörg! Du hättest dich ja auch tot schießen können; nein, du bist ein wilder Mensch, mit dir möcht' ich nicht hausen, ich hab' Angst vor dir.«

Kätherle wollte ihm entfliehen, aber Hansjörg hielt es noch mit der linken Hand fest. Es stand da, riß unwillig, wendete ihm den Rücken zu und kaute an einem Ende der Schürze; der HansJörg hätte alles in der Welt drum gegeben, wenn es ihn nur einmal angesehen hätte, aber all' sein Bitten und Flehen war umsonst. Er ließ nun los und wartete eine Weile, ob es sich nicht umkehre; als es aber immer stumm und abgekehrt blieb, da sagte er mit zitternder Stimme:

»Willst du nicht so gut sein und meinen Vater holen? Ich will heim.«

»Nein, das darfst du nicht, du könntest ja den Hundskrampf kriegen, hat der Erath gesagt!« erwiderte das Kätherle, noch immer abgekehrt.

»Wenn du niemand holst, so geh' ich allein«, sagte Hansjörg.

Das Kätherle drehte sich um und sah ihn an mit tränenden Augen, aus denen alle Bitten und alle Mächte der liebenden Besorgnis hell leuchteten. Hansjörg faßte Kätherle's Hand, sie war fieberheiß, und er schaute lange in das Antlitz seines Mädchens. Es war nicht so was man eigentlich schön nennt, es war derb und kräftig; das Antlitz, so wie der ganze Kopf hatte eine fast kugelrunde Bildung, die Stirn war hochgewölbt, beinahe wie ein Halbkreis, die Augen lagen tief in der Biegung, die kleine Stumpfnase, die etwas Neckisches und Übermütiges aussprach, die runden vollen Wangen, alles verriet gesundes, frisches Leben. Hansjörg betrachtete die Hocherglühende, wie wenn sie die Allerschönste gewesen wäre.

So hielten sie sich lange und sprachen kein Wort; endlich sagte Kätherle: »Soll ich dir ein' Pfeif' stopfen?«

»Ja«, sagte Hansjörg, und ließ sie los.

In dem Anerbieten Kätherle's lag der beste Ausspruch der Versöhnung; das fühlten beide, sie redeten darum kein Wort mehr von ihrem Streit.

Gegen Abend kamen viele Burschen und Mädchen mit hochglühenden Wangen und freudestrahlenden Augen, um das Kätherle zum Tanz abzuholen; das aber wollte durchaus nicht mitgehen. Der Hansjörg lächelte vor sich hin. Als er aber das Kätherle bat, ihm doch den Gefallen zu tun und mitzugehen, hüpfte es freudig fort und kam bald darauf schön geputzt wieder.

Nun war aber ein neuer Übelstand. Trotz aller Gutmütigkeit wollte doch keines vom Tanze weg und beim Hansjörg bleiben; da kam zu gutem Glück der Jockel, und für einen guten Schoppen, den man ihm vom Wirtshause schicken wollte, versprach er, wenn's nötig wäre, die ganze Nacht da zu bleiben.

Der Hansjörg hatte sich von dem Erath seinen Finger in einem mit Spiritus gefüllten Glase aufbewahren lassen, er wollte dies dem Kätherle schenken; aber trotz seiner sonstigen Derbheit fürchtete sich das Mädchen davor, wie vor einem Gespenst, es wagte kaum das Glas anzurühren. Als nun der Hansjörg zum erstenmal das Haus verlassen durfte, gingen sie mit einander in den Garten vor dem Hause und begruben den Finger. Hansjörg stand sinnend dabei, als das Kätherle das Loch wieder zuschaufelte. Die Sünde gegen das Vaterland, die er durch seine Selbstverstümmelung begangen hatte, kam ihm nicht in den Sinn; dagegen erwachte in ihm der Gedanke, daß hier ein Teil der ihm von Gott verliehenen Lebenskraft eingescharrt werde, für die er Rechenschaft ablegen müsse. Er stand so zu sagen lebendigen Leibes bei seinem eigenen Begräbnis, und der Vorsatz stieg in ihm auf, alle ihm noch gebliebenen Kräfte nach Pflicht und Gewissen treulich zu üben und anzuwenden. Ein Todesgedanke überschauerte ihn, und mit Wehmut und Freude schaute er auf, sah sich lebend und neben sich sein geliebtes Mädchen. Solche Gedanken bewegten sich halb klar in seiner Seele, und er sagte: »Kätherle, ich seh's wohl ein, ich hab' mich schwer versündigt und ich muß beichten; ich muß es bald vom Herzen haben, ich will gern jede Buße tun.«

Kätherle umarmte und küßte ihn, und er genoß im Voraus die seligste Absolution, wie sie eigentlich das wahrhaft reuige Gemüt, mit festem Vorsatz ausgerüstet, schon allein für sich empfinden muß.

Sonntags darauf ging Hansjörg zurBeichte. Man hat nie erfahren, welche Buße ihm auferlegt wurde.

Man sollte meinen, ein Mensch müsse einen besonderen, geheimen Zug nach der Stelle hin haben, wo ein Stück seines lebendigen Daseins ruht. Wie uns das Vaterland doppelt heilig ist, weil die Gebeine unserer Lieben darin ruhen; wie uns die ganze Erde erst recht heilig wird, wenn wir bedenken, wie sich die Körper unserer Freunde und Mitmenschen mit ihrem Staube vermischen; so muß ein Mensch, von dessen eigenem unzertrennlichem Körper ein lebendiger Teil schon Erde geworden, sich von der unendlichen Macht der irdischen Heiligkeit angezogen fühlen und sich oft nach einem Teil seiner Ruhestätte hinwenden.

Solche Gedanken, wenn auch eine dunkle Ahnung davon in unserem Freunde aufstieg, konnten jedoch wie natürlich bei einem Menschen wie unser Hansjörg war. nicht lange haften.

Er ging tagtäglich nach des Zieglers Haus, nicht weil ein Totes, sondern weil das Leben, d. h. die Liebe zu Kätherle, ihn hinzog. Manchmal aber ging er auch recht betrübt von dort weg, denn das Kätherle schien es darauf angelegt zu haben, ihn zu ärgern und zu meistern. Das erste, was das Kätherle immer und immer von ihm verlangte, war: daß er das Rauchen aufgeben solle. Er durfte es nie küssen, wenn er geraucht hatte, und ehe er zu ihm ging, mußte er fast immer seine liebe Pfeife verstecken; in des Zieglers Stube aber durfte er nie und nimmer rauchen, und so gern er auch dort war, machte er sich doch immer nach einer Weile wieder fort. Kätherle hatte wohl recht, wenn es ihn oft damit neckte.

Hansjörg ärgerte sich gewaltig über den Eigensinn Kätherle's, und er versteifte sich immer mehr auf seine Liebhaberei. Er meinte, es sei unmännlich, sich von einem Weibe etwas vorschreiben zu lassen; das Weib müsse nachgeben, dachte er, und dann muß man auch bekennen: es war ihm rein unmöglich, seine Gewohnheit aufzugeben.

Er probierte es einmal während der Heuernte zwei Tage lang, aber es war ihm immer, als ob er faste, es fehlte ihm überall etwas, und er holte sich seine Pfeife wieder, und indem er sie vergnüglich zwischen den Zähnen festhielt und dabei Feuer schlug, sagte er vor sich hin: »Eh' mag das Kätherle und mit ihm alle Weibsleut' zum Teufel gehen, eh' ich das Rauchen aufgeb'!« Er schlug sich dabei auf die Finger, und die heftig schmerzende Hand schüttelnd, dachte er: das ist Sündenschuld, denn dein Schwur ist eigentlich doch nicht wahr.

Endlich kam der Herbst herbei, Hansjörg wurde richtig für untauglich zum Militärdienst erklärt. Noch einige andere Bauernburschen hatten ihm seine List nachgeahmt, sie hatten sich nämlich die Schaufelzähne ausgerissen, damit sie keine Patronen beißen konnten; aber die Militärkommission sah dies als absichtliche Verstümmelung an, während die des Hansjörg, ihrer Gefährlichkeit wegen, als Unglück betrachtet wurde. Die Zahnlückigen wurden zum Fuhrwesen genommen und mußten nun doch mit in den Krieg ziehen. Mit einer verstümmelten Zahnreihe mußten sie die oft mageren Bissen der Kriegskost beißen, und am Ende mußten sie gar in's Gras beißen, wozu sie eigentlich gar keine Zähne mehr brauchten.

In den ersten Tagen des Oktobers hielt der französische General Moreau seinen berühmten Rückzug über den Schwarzwald. Eine Abteilung des Zuges kam auch durch Nordstetten. Man hörte mehrere Tage vorher davon. Es war eine Furcht und Angst im Dorfe, daß man sich nicht zu helfen und zu raten wußte. In allen Kellern wurde gegraben und geschaufelt, und alles, was man von Geld und Kostbarkeiten hatte, hineingelegt. Die Mädchen brachten ihre Granatenschnüre mit der daranhängenden silbernen Münze (dem sogenannten Anhenker), sie zogen ihre silbernen Ringe vom Finger und legten sie in die Grube. Alles ging schmucklos umher wie bei einer großen Trauer. Das Vieh wurde bei Egelsthal in eine unwegsame Schlucht getrieben. Die Mädchen und Burschen sahen sich betrübt an, wenn man von dem herannahenden Feinde sprach; mancher Bursch faßte dann nach seinem Messergriffe, der aus der Hosentasche hervorsah.

Am übelsten waren aber die Juden dran. Wenn man dem Bauer auch alles nimmt, seinen Acker und seinen Pflug kann man ihm doch nicht forttragen; die Juden aber hatten all' ihr Vermögen in beweglicher Habe, in Geld und Waren; sie zitterten daher doppelt und dreifach. Der jüdische Kirchenvorsteher, ein gescheiter und gewandter Mann, fand einen pfiffigen Ausweg. Er ließ ein großes Faß mit rotem Wein, der tüchtig mit Branntwein vergeistigt war, vor seinem Hause aufstellen, und auf einen Tisch gefüllte Flaschen setzen, um damit die ungebetenen Gäste zu bewirten und abzuhalten. Die List gelang, weil die Franzosen ohnedies Eile hatten, weiter zu kommen.

Der Tag des Durchmarsches kam und ging besser vorüber, als man je gehofft hatte. Die Leute im Dorfe standen haufenweise bei einander und betrachteten die Vorüberziehenden. Zuerst kam die Reiterei, dann kam ein gewaltiger Trupp Infanterie.

Hansjörg war mit seinen Kameraden Fideli und Xaver ausgegangen nach der Ziegelhütte; er wollte für alle Fälle dort sein, damit dem Kätherle Nichts geschehe. Er ging mit seinen Kameraden in den Garten vor dem Hause, und über den Zaun gelehnt, schmauchte er behaglich seine Pfeife. Das Kätherle schaute zum Fenster heraus und sagte: »Wenn du nicht rauchen willst, Hansjörg, kannst du mit deinen Kameraden 'raufkommen.«

»Wir sind schon gut da«, erwiderte der Hansjörg, drei Qualme schnell nach einander ausstoßend und die Pfeife fester fassend.

Nun kam die Reiterei. Alle ritten ungeordnet einher, sie schienen kaum zusammen zu gehören, ein jeder kümmerte sich fast nur um sich, und doch sah man's wieder, daß sie zusammenhielten. Einige warfen keck lachend und winkend dem Kätherle am Fenster Kußhändchen zu, der Hansjörg fuhr rasch mit der Hand nach seinem Seitenmesser. Das Kätherle schob das Fenster zu und schaute nur noch verstohlen hinter den Scheiben hervor. Nach der Infanterie kamen Fouragewagen und die Wagen mit den Verwundeten. Das war ein erbärmlicher Anblick. Einer der Verwundeten streckte eine Hand heraus, an der auch nur vier Finger waren; das fuhr dem Hansjörg durch Mark und Bein, es war ihm plötzlich, als ob er selber da droben läge. Der Verwundete hatte nichts als ein Tuch um den Kopf gebunden und es schien ihn zu frieren. Der Hansjörg sprang schnell über den Zaun, nahm die Pudelkappe vom Kopfe und setzte sie dem Armen auf; dann gab er ihm noch sein Geld mit samt dem ledernen Beutel. Der Verwundete machte mehrere Zeichen mit dem Munde und deutete damit an, daß er gern rauchen möchte: er sah dabei den Hansjörg bittend und bettelnd an und deutete immer auf seine Pfeife, der Hansjörg aber schüttelte Nein. Das Kätherle brachte Brot und Hemden herbei und legte sie auf den Wagen der Verwundeten. Die kranken Krieger sahen vergnügt auf das frische Mädchen, und einige machten ein militärisches Begrüßungszeichen und welschten untereinander. Sie fuhren dann, immer freundlich winkend, davon. Da dachte niemand mehr, ob dies Feinde oder Freunde wären; es waren unglückliche, hilfsbedürftige Menschen, und jeder mußte ihnen helfen.

Ein großer Trupp Reiter beschloß den Zug. Das Kätherle stand wieder am Fenster, Hansjörg mit seinen Kameraden, wieder auf ihrem Posten; da sagte der Fideli: »Guck, da kommen Marodörs.«

Zwei zerlumpte Kerle in halber Uniform, ohne Sattel und Bügel sprengten heran. Eine Strecke, ehe sie bei Hansjörg waren, hielten sie ein und sprachen etwas miteinander; man hörte den einen lachen. Sie ritten dann langsam und der eine ganz nahe an dem Zaune hin, und ratsch! riß er dem Hansjörg die Pfeife aus dem Munde, und dann im gestreckten Galopp auf und davon. Der Marodör steckte sich die noch brennende Pfeife in den Mund und dampfte lustig wie zum Hohne.

Der Hansjörg hielt sich den Mund, es war ihm als ob ihm alle Zähne aus dem Kiefer herausgerissen wären; das Kätherle aber lachte aus vollem Halse und rief: »So, jetzt hol' dir dein' Pfeif.«

»Ja, ich hol' sie« sagte Hansjörg und knackte vor Wut eine Latte am Zaun zusammen, »kommt, Fideli, Xaver, wir tun unsere Gäul' 'raus und reiten nach, und wenn wir darüber zu Grund gehen, den Hallunken laß ich mein' Pfeif' nicht.«

Die beiden Kameraden gingen davon und holten schnell die Pferde aus dem Stall; das Kätherle aber kam herabgesprungen, rief den Hansjörg in den Hausgang, unwillig ging er zu ihm, denn er war bös, daß es ihn so ausgelacht hatte; das Kätherle aber faßte zitternd seine Hand und sagte: »Um Gotteswillen, Hansjörg, laß die Pfeif'. Guck, ich will dir auch alles zu Gefallen tun, folg' mir nur jetzt. Willst du dich denn wegen so eines nichtsnutzigen Dinges umbringen lassen? Ich bitt' dich, bleib' da.«

»Ich mag nicht. Mir ist's recht, wenn mir einer eine Kugel durch den Kopf schießt. Was soll ich da tun? Du kannst doch nur nichts als foppen.«

»Nein, nein!« rief das Kätherle, und fiel ihm um den Hals, »ich laß dich nicht gehen, du mußt da bleiben.«

Den Hansjörg durchzuckte es wunderbar, aber er fragte keck: »Willst du denn mein Weib sein?«

»Ja, ja, ich will ja!«

Die beiden umarmten sich selig, dann rief Hansjörg: »Mein Lebtag kommt mir kein' Pfeif' mehr in den Mund. Guck, mich soll ein Heiligkreuz -«

»Nein, schwör' nicht, du mußt's auch so halten können, das ist viel besser. Gelt, du bleibst jetzt aber auch da? Laß die Pfeif' beim Franzos und beim Teufel.«

Unterdessen kamen die Kameraden zu Pferd, sie hatten sich mit Heugabeln bewaffnet und riefen: »Tapfer, Hansjörg, komm!«

»Ich geh' nicht mit« sagte der Hansjörg, das Kätherle im Arm haltend.

»Was kriegen wir denn, wenn wir dein' Pfeif' wiederbringen?« fragte Fideli. »Sie ist euer.«

Die beiden ritten wie im Sturme davon den Weg nach Empfingen, Hansjörg und Kätherle schauten ihnen nach. Dort, an der kleinen Anhöhe, wo die Lehmgrube für die Ziegelhütte ist, hatten sie die Marodörs fast eingeholt; als diese sich aber verfolgt sahen, machten sie keck kehrtum, schwenkten ihre Säbel und der eine zielte noch mit einer Pistole. Als der Fideli und der Xaver das sahen, machten sie ebenfalls hurtig kehrtum und waren schneller wieder da, als sie dort gewesen waren. -

Von diesem Tage an tat der Hansjörg keinen Zug mehr aus einer Pfeife. Vier Wochen später wurde er von der Kanzel herab mit dem Kätherle verkündet. -

Eines Tages ging Hansjörg nach der Ziegelhütte; er war hinter dem Hause hergekommen, niemand hatte ihn gesehen; da hörte er drinnen das Kätherle mit jemand sprechen: »Also du kennst sie ganz genau?« fragte das Kätherle.

»Warum soll ich sie nicht kennen?« erwiderte der Angeredete. Hansjörg erkannte an der Stimme das rote Maierle, einen Handelsjuden. »Ich hab' ihn ja oft genug mit ihr gesehen. Er hat sie so gern gehabt, wie er dich hat, und wenn es gegangen wär', ich glaub', er hätt' sie geheiratet.«

»Weißt du«, sagte Kätherle, »ich will nur sehen, wie er die Augen sperrangelweit aufreißen wird, wenn er sie an seiner Hochzeit wiedersieht. Ich kann mich also ganz gewiß darauf verlassen ?«

»So gewiß soll ich hunderttausend Gulden reich werden, sie muß da sein.« »Aber der Hansjörg darf nichts von ihr erfahren.«

»Stumm wie ein Fisch!« erwiderte das rote Maierle und ging davon.

Hansjörg kam schüchtern zu Kätherle, er schämte sich zu gestehen, daß er gehorcht habe; als sie aber traulich beieinander saßen, sagte er: »Ich will dir's nur sagen, laß dir nichts vorschwätzen, es ist nicht wahr. Man hat mir einmal nachgesagt, ich hätt' Bekanntschaft mit der Adlerwirtsmagd, die jetzt in Rottweil dient: glaub' du mir, es ist nicht wahr, ich bin ja damals noch in die Christenlehr' gegangen, es war nichts als Kinderei.«

Das Kätherle tat, als ob es ein gar großes Gewicht auf diesen Umstand lege, und der Hansjörg hatte viel zu tun, sich zu rechtfertigen. Er gab sich noch am Abend alle Mühe, das rote Maierle auszuhorchen, aber das war »stumm wie ein Fisch.«

Hansjörg hatte noch viele Rügen auszustehen und gewissermaßen durch das ganze Dorf Spießruten zu laufen. Das war nämlich so. Am Sonntag vor der Hochzeit gingen nach alter Sitte der Hansjörg und sein »Gespiel«, der Fideli, jeder mit einem roten Bande um den Arm und einer roten Schleife an dem dreieckigen Hute, von Haus zu Haus im ganzen Dorf, und der »Hochzeiter« sagte folgenden Spruch: »Ihr sollt höflich eing'lade sein zur Hauzich am Zinstig (Hochzeit am Dienstag) im Adler. Wemmers (wenn wir's) wieder verdäue (vergelten) könnet, welle mer's au thoan (wollen wir's auch tun). Kommet au g'wiß. Vergesset's er. Kommet au g'wiß.« Darauf öffnete in jedem Hause die Frau die Schublade am Tisch, tat Brot und Messer heraus und reichte es mit den Worten: »Schneidet au Brot.« Der Hochzeiter mußte nun ein Schnitzel Brot abschneiden und dasselbe mitnehmen. Hansjörg machte das Brotschneiden mit seinen vier Fingern etwas ungeschickt, und es tat ihm weh, wenn man in vielen Häusern mit gutmütigem Spott zu ihm sagte: »Du dürftest eigentlich nicht heiraten, Hansjörg, denn du kannst mit deinem Stumpffinger doch nicht gut Brot schneiden.«

Der Hansjörg war hochfroh, als diese Einladungen vorüber waren.

Mit Singen und Jubeln wurde die Hochzeit gefeiert, nur durfte dabei nicht geschossen werden, denn seit dem Unglücke oder dem Mutwillen Hansjörgs war das streng verboten.

Am Hochzeitstische ging alles lustig her. Gleich nach Tisch ging Kätherle hinaus in die Küche, es kam aber schnell wieder und hatte die uns wohlbekannte Pfeife im Munde – man konnte wirklich nicht unterscheiden, ob es die alte oder eine auf's Pünktchen hin ähnliche sei – das Kätherle tat nun mit verzerrten Mienen wieder einige Züge aus der Pfeife und reichte sie dann dem Hansjörg mit den Worten:

»Da, nimm, du hast dich wacker gehalten, du kannst dir schon was versagen; meinetwegen magst du wohl rauchen, ich hab' kein bißle dagegen.«

Hansjörg wurde feuerrot, er schüttelte aber Nein und sagte: »Was ich einmal gesagt hab', da beißt kein' Maus keinen Faden davon; mein Lebtag tu ich keinen Zug mehr.« Er stand auf und sagte wieder: »Gelt, Kätherle, aber dich darf ich doch küssen, wenn du geraucht hast?«

Die beiden Glücklichen lagen sich selig in den Armen. Darauf gestand Hansjörg, daß er gehorcht, als sich das Kätherle mit dem roten Maierle besprach, und daß er gemeint habe, es sei von der Adlerwirtsmagd die Rede.

Man lachte herzlich über den Spaß.

Die Pfeife wurde als ewiges Andenken über dem Himmelbett des jungen Ehepaares aufgehängt, und Hansjörg deutet oft darauf hin, wenn er beweisen will, daß man sich mit festem Vorsatz und aus Liebe alles abgewöhnen könne.

Zwei Worte rücken uns plötzlich weit hinaus: Hansjörg und Kätherle sind betagte Großeltern, im Kreise der ihrigen glücklich, frisch und munter. Die Pfeife gilt als ein ehrwürdiges Familienstück bei den fünf Söhnen Hansjörgs; keiner von ihnen und von ihren Kindern hat sich bis heute das Rauchen angewöhnt.